쓰레빠 예찬

헐렁한 추리닝 바지에 쓰레빠 신고 걸으니까 좋다
개 혓바닥 같은 뒤축 직직 끌며 불량스럽게 걸으니까
납작 엎드려 땅 냄새 말씀 온몸으로 받아 적을 때처럼
귀밑머리 바람도 절로 설렁대고
막 깨어난 반 쪼가리 달을 품고 있는 하늘도 일렁일렁
담장에 걸터앉은 감나무 가지도 같이 건들거려
까슬한 목울대 넘어가는 잘 식은 물처럼 좋다

아무리 뒷굽을 높여도 저절로 낮아지던
이곳은 아득한 하늘 아래

아줌마를 아줌마라 부르지 못하고
아저씨를 아저씨라 부르지 못하고
또각또각 허리 절로 굽던 구두 굽 대신
대놓고 혀짜래기소리 찰찰 거리는 쓰레빠 끌고
엉덩이 히쭉히쭉 동네슈퍼 오니

에고, 좋다
사모님 아니라서
세상 만만해서

돌이킬 수 없는

예서의시 028

돌이킬 수 없는

김영선 시집

예서

차례

쓰레빠 예찬

제1부

제2부

제3부

제4부

제1부

깡으로 버티다

아비가 가난하게 살다가
일찌감치 세상을 버려서
나는 오늘도 가난하다

새로 청와대에 입성한 대통령도, 위로랍시고
이런저런 말로 어르고 달래며
무슨 무슨 정책을 인심 쓰듯 내놓지만, 언제고
없는 놈들한테 쓸 만한 것이 있던가, 하루 놀고
이틀 밥걱정하지 않아도 되는 세상이면 되는 줄
알 턱이 없지

몇 달 내리 공치고 통장 잔고 바닥나서
다음 달 살 거 한 걱정하고 있는데
마침 두 내외 몸뚱이가 번갈아 아파주어
선불 병원비 카드 할부로 긁고
실비보험 일시불로 받아 급한 불 끄고
한 달을 또 외상으로 산다

없는 놈한테 때맞춰 병나주는
눈치 빠른 몸뚱이라도 있으니
그나마 얼마나 다행스러운가

타워팰리스 유감

키보다 더 큰 아이스하키 가방을 둘러맨 소년이
향하고 있는
줄지은 외제차들이 늙은 경비의 거수경례를 받으며
복종하듯 기어들어가는
집이라고 하면 다시 흙이 될까 봐
왕이나 살던 궁전이라고 부르는

한 달 관리비만 돈 백만 원이 넘을 거라는
서울 어느 마천루 아파트 단지를 경유해
지하철역을 찾다가, 가을인데
나무 이파리 하나 떨어져 있지 않은
야박스런 보도블록을 밟고 서서
세상의 모든 자릿수 높은
은행 통장 잔고에 대하여 생각한다

포르쉐 끌고 와서 갖은 진상 부려가며
10억 넘는 건물 기어이 원하던 금에 팔고
일이 끝나자, 호기롭게 제시하던 수수료 절반
능란하게 뚝딱 떼어먹던 사내의 주소가
여기 어디쯤이었지

약자의 약점을 능구렁이 눈알처럼 잘 알던 사내
되짚어보니 개구멍 같은 법도 잘 알던 사내

하는 짓이 하도 얄궂고 무색해서
있는 힘을 다해 법정 수수료는 받아야겠다고 하자
법대로 하라며, 같이 온 노랑머리 여자를
차에 싣고 유유히 사라지던

그 사내
제 통장 잔고 기 백만 원은
평생 가도 남의 것인 줄 알거나 하려나 몰라

대동천변에서

수은주 -12° 찍은 날 저물녘
새로 장만한 구스 롱패딩을 종아리까지 내려 입고
마스크에 모자까지 뒤집어쓰고
대동천변에 걷기 하러 나서서 정점 찍고 돌아오는 길

그 사이 가로등 불빛 비행접시처럼
물밑에 가라앉아 시커메지는 수면 위를
어미 없이, 허둥지둥 새끼 오리 다섯 마리

어데서 눈두덩이 벌게지도록 울다 때를 놓쳤는지
솜털 뽀송한 덜미에 목도리도 안 두르고
살얼음 돋아나는 물속에 고개를 처박는데
양말도 안 신었다
저래가지고 뱃고래는 미울라나

타고난 게 있으니 비미할까마는 나도
새끼 둔 어미라고 마음 쓰이네
구스 패딩이나 사 걸치고 뒤뚱거리며
물정 없이 껍죽거리는 천둥벌거숭이가

맹렬한 목숨

맹렬하게 좇아오는 포식자
리카온(아프리카 들개)의 추격을 피해
무리를 향해 내다르는
느린 화면에 잡힌
새끼 누의 질주는 무아지경이다

배가 고픈 리카온의 느린 돌진도 필사적이다
해가 지고 길이 끊어져도 멈추지 않는다

하루 종일 매기 끊어진 냉고래 같은 가계를
저수지가 주인 잃은 운동화처럼 앉아 지키고 있다
뻐꾸기 새끼 같은 무리의 거칠고 시뻘건
부리 앞의 한없이 정중한 당신의 눌변이
표독한 칼날보다 무서운 건
그 끝이 "더 맛있는 밥"을 향한 것이 아니기 때문이다

마른 갈대 줄기를 밟고 서 있는
박새의 종아리처럼 멈춰 있는 질주는
느린 화면으로도 포착할 수 없는
필사적인 순간들이다
목숨과 밥은 다른 말이 아니다

오래된 습성

아침 일찍 분단장하고 나온 듯 말끔한
검정색 개인택시 한 대
세무서 삼거리에서 서둘러 대종로 사거리로
접어드는 우회전 차선을 엉거주춤 딛고 서서
브레이크 등을 피웠다 끄고 피웠다 끄고 하다가
쭈빗쭈빗 직진 차선으로 고개 디밀고 서더니
신호가 바뀌기 직전 얼른 우회전 차선으로
다시 갈아타고는 횡하니 사라지는데
그 더듬거리며 재고 결행하는 솜씨가
긴 모가지를 구부려 물속을 살피는
갑천변 그 백로의 빛바랜 엉덩이처럼
해 질 녘 세렝게티 수풀 사이로 솟아오른
늙은 어미 치타의 숨죽인 시선처럼
능숙하다

염천

집안에 상을 당하면 대문간에 조등을 걸고
동네 사람들이 삼삼오오 모여 천막을 치고
집집마다 교자상을 내와 그 아래 펼쳐놓고
아직은 육개장을 펄펄 끓여
조문객들에게 퍼 나르던 시절이었다
노인네들이 많이 살던 철도관사
영진 아파트에서는 곧잘 상이 나서 그때마다
엘피지 가스 판매소를 하던 우리 집에서
가스통 두 개와 이 구 삼 구 버너 몇 개를
통째로 빌려 가곤 했는데 그 수입이
하루 종일 낱 통 십 수개를 배달하는 것보다
나았다 한낮에는 아스팔트가
신발 밑에 쩍쩍 묻어나는 여름 복판이면
밥 먹을 새도 없이 불나게 울어대던 전화벨 소리도
단수된 수도꼭지처럼 뚝 끊어지고 무료함이
적막강산처럼 길어지면 절로 애가 타서
가만히 있는 전화 수화기를 차례로 들어 귀에 대보며
지열 바다에 섬처럼 잠겨 있는
길 건너 영진아파트를
목마른 염소처럼 건너다보곤 했다

슬픈 속도

마트와 아파트 담장 사이 골목에서 승합차 한 대가
마트가 있는 대각선 방향으로 움직이고 있는 나를 향해
앞도 안 보고 달려오는 것을 본 순간

저 운전수 정신이 딴 데 가 있다는 걸 알아채는 일
차의 동선이 나와 정면 교차한다는 걸 직감하는 일
피하지 못하면 죽는다는 걸 확신하는 일
그 동선과 몸을 어긋나게 하기 위해 옆으로 피하며 뒷걸음질
치는 일
비틀어진 승합차 옆에 적힌 은혜교회라는 글자를 읽어버리는
일
그 차 주인 목사의 얼굴이 기억나버리는 일
그 교회 신도 몇몇 집이 우리 집 고객이었다는 걸 떠올리는 일
그 고객들과 계속 관계가 유지되고 있다는 걸 생각해내는 일
그렇더라도 운전한 사람을 대하면 나오는 대로 과격한 언어를
사용해야 할지 말아야 할지 고민하는 일
지금 죽지 않는다면 앞으로도 이 바닥에서 밥을 해결해야 한
다는 걸 자각하는 일
그래서 껄끄러운 사이가 되면 안 되겠다고 판단 내려버리는
일을

삽시간에 해치운

긴 찰나

가난해도 싸다

새로 이사한 집에
관 두 개 머리 맞대고 누울 만한 터가 있어
난생처음 골을 내고
손짐작으로 술술 뿌린 열무 씨가
아침저녁 눈길 받고 손길 받더니
있는 힘껏 싹을 틔워 이랑이 미어진다

솎아내야 열무 꼴을 한다고 들은 건 있어
소쿠리 들이대고 잡히는 대로 뽑자니

나도 열무요
나도 열무요
이놈 저놈 선홍빛 뿌리 내밀며
숨넘어가는 소리

무명실 같은 탯줄에 매달려 왔다가 숨골 미어진
오금이 저리다

달아서 꼴 다 틀린 열무밭에는

아침저녁 물바가지 지성으로 안기고

여름내 열무김치는 사서 담았다

파시

코 뭉개지고 몽당손이 된 사람들이
화려한 세상 같은 거 더러워서 내던지고 들어와
닭치고 돼지치고 살적부터
온갖 신붙이들 따라와 진을 쳐도
나라 표정 심상찮을 때
가장 먼저 그늘 들던 동네

정권 바뀌고
산수유꽃 팡팡 터져도
그 싸고 좋은 물건 좋아하던 사람들 씨가 마르고
다 엎쳐봐야 뭣한 동네 전셋값도 안 되는
급매물 몇 날 부동산 유리창에 들러붙어
코가 닷 자는 빠지고 있는

움막 같은 집들 헐리고 들어선 주공아파트 정문 앞
저마다 종갓집 행세하는 교회들

카드 할부도 안 되는 천국 티켓 사흘걸이로 들고 나와
매실차도 없고 떡도 없어
있다 없다 간다 못 간다

했던 말 또 하고 했던 말 또 하며
윤달 비단 수의 흔들 듯 해도

거개는 살아 부귀영화 노리다
답답할 적에는 로또도 한 번씩 해보는 사람들이
못 이기는 척 붙들려 죄 없이 빌서 주는

무명에 감물 같은 그늘

후조

한 사내가 왔다
바로 옆 동네에서 왔다고 했지만 오는 길은 멀었던 듯
찬물부터 한 컵 들이켰다
양손을 무릎 위에 올리고 가지런하게 앉아
집을 옮겨볼 요량이라며 이것저것 물었으나
대답이 귓등으로 들리는 듯했다

아무래도 사내는
중병 환자의 꽉 찬 배설 주머니처럼 난감한
'나'를 데리고 온 듯했다

아내가 며칠 전에 했던 말에 대하여
아내의 깨진 거울에 비치는 초라한 '나'에 대하여
집을 옮겨보고자 하는 이유에 부치는 말이었지만
'나'와 아내는 아직은 서로에게서 분리될 수 없는 안과
밖이어서 아내의 늪에 빠져 허우적거리는
'나'를 숨어 오줌을 싸듯 일부러 멀리 와
생면부지에나 들켜주다가
내일 아내를 데리고 다시 오겠다며
일어서 가는 사내에게서

대숲을 빠져나가는 바람 내가 났다

저렇게 가만히 와서
적조한 마음 한 줌 허리
덜어내고 가는 가슴이 무거운 새는
멀리 날아가서 다시 오지 않는다

나도 먹고 싶지 않은 밥이 있다

사사건건 트집을 잡으며 말끝마다
마치 내게 수수료 주려고 필요하지 않은 제 집
억지로 사려는 사람처럼 굴며 거들먹대는
젠체하는 여자에게 참다가 참다가
소리를 질렀다 저 짓도 종잣돈 마련하기가
하늘의 별 따기보다 어려운 세상을 굽신굽신
걸어온 끝이겠거니 하는 생각이 들어서
여자가 자존심 상하지 않도록
인격모독 당했다고 오해하지 않도록
저보다 내가 더 미친년이라는 생각이 들도록
없는 거품까지 입에 물어가며 되도록 큰 소리로
"여보시오, 나 수수료 주기 위해서 안 사도 되는 집을 사는 거
요? 3억 넘는 집을 부동산 아줌마 밥 굶을까 봐 수수료 주려고
사는 거요? 비싼 돈 주고 사면서 왜 이렇게 값어치 없이 구는 거
요?" 하며
마구 소리를 질러주었다 여자는 나더러
뭐 이런 정신병자 같은 년이 다 있느냐고
낮은 소리 한껏 새파랗게 세워
배부른 가보라며 비아냥거렸지만
배가 부르지 않아도 먹고 싶지 않은 밥이 있다는 걸 저도 알

고 있는 눈치였으므로

　나는 마음껏 나를 무너뜨려

　그녀의 꼬부락진 자존심과 자본의 허영심을 보존시켰다

주홍글씨

무 배춧속 벙그는 초가을 밭둑에
양파망 뒤집어쓴 수수대들 길게 두 줄로 서 있다

껑중한 키에 벌거죽죽
빛바랜 양파망을 용수처럼 뒤집어쓰고 있는 수수대들
포로병처럼 고개를 숙이고

바람 불어 흔들릴 때 가만히 보면
저희끼리 말하고 있다

죄라면
손 없이 발 없이
손 달리고 발 달린 짐승 눈에 띄었다는 것
구메밥을 먹어도 푸른 피가 돈다는 것

나는
새 하고도 나누고 싶었다
내 뜨거운 피를
달콤한 살을

놀라운 일

구순을 바라보는 해태 복덕방 이상복 노인
가난한 사람들은 죄다 한 번씩 거쳐 간 성남동 바닥에서
거간꾼으로 산 지 반백 년이 훌쩍 넘도록
숱한 사람 만나고 숱한 일 겪고 숱한 경우 다 봤지만
얼마 전 날맹이 아래 한길가 10억짜리 카센터 자리 거간할 적
에 계약금 받은 땅 주인에게
큰돈 들어왔으니 한턱내라고 우스갯소리 했더니
대머리 훌떡 벗겨진 땅 주인이 펄쩍 뛰며
이건 교회에 가서 하나님께 십일조 바칠 거라
손대면 안 된다며 1억짜리 수표를
손바닥으로 싹싹 쓰다듬어 장지갑에 넣고는
누가 덮칠세라 앞섶을 여미는데
하, 놀라웠다고
뭐 저런 사람이 다 있는가 하는 생각 들고
정말 놀라웠다고, 합죽한 입을
동그랗게 말아 연신 오, 오, 하는데
왼쪽 관자놀이에 흑임자만 한 점 콕 박힌
새까만 눈이 십자가 꽃 만발해도 칠흑같이 어두운
날맹이 가난한 동네 밤하늘처럼 반짝거렸다

아내, 내 안의 사람

은진송 씨의 후손 중 가장 장수하신다는
어느 아버지의 맏아들인 바싹 마른 초로의 사내는
구순 아버지의 약간의 도움을 빌려야만 장만할 수 있는
너른 평수의 집은 아무래도 면구스러워 극구 큰 평수를
고집하는 자신의 아내에 대하여
양미간에 꼿꼿한 심줄이 서도록 심기 불편해하면서도
할 수 없이 소신을 꺾으며 일을 진척시킬 때는
옆에 없는 자신의 아내를 꼭 "내 아내"라고 지칭했다
도포에 갓을 쓴다면
공자의 수염 길이나 쟬법한 명아주 지팡이 같은 사내가
내 아내, 내 아내가, 내 아내는, 내 아내한테 하고 말을 할 적에는
초원의 바람을 가르며 멀리 달려와
처자의 주변을 묵묵히 불침번 서고 있는
건강한 갈기의 수사자처럼 아름다웠다

날맹이집

얼굴에 백반증이 있는 할머니가 고독하게
살다가 간 날맹이 집을
밤톨처럼 수리해서 이사 온 아저씨는
근 1년을 정남(正南)으로 난 대문간에
나무의자를 내어놓고 어린 왕자처럼
긴 다리를 꼬고 앉아 하루 종일
집을 지키는 게 일이었는데
마당 가득 키우던 꽃 화분들의 전송도 못 받고
병원에서 하늘나라로 갔다

사람들은 흔히
집이 사람을 보호하는 줄 알지만
사실은 사람이 집을 보호하는 거다
시세가의 절반을 대출 끼고 생전 처음
내 집 하나 장만했다가 뭇매를 맞더니
집을 보호하기 위해
기어이 직장에 사표를 던진
사람 이야기가 몇 며칠 뜨겁다

버거킹

고3 아들놈 저녁밥도 안 주고
혼자 영화 보러 나온 죄로
햄버거나 사다 주러 들른 버거킹 햄버거집에서
초등학교 중학교 고등학교 내리내리
할 수 없이 잘도 놀고 더러 말썽도 피우고
길 잃은 바람처럼 몰려다니던
아들 놈 친구 서넛을 만났다

시간을 슬라이스 쳐도 모자란다는
명색이 고3이, 자정이 가까운 시간에도
밖에서 얼쩡대니 뭣한 사람들 보기에
아무 생각 없이 사는 거 같겠지마는
묻는 말에 뒷머리 긁적거리며
흘려 쓴 답안지처럼 하는 말들 가만히 들여다보면

거개가 어릴 적부터
어쩌다 흘러든 변두리 동네를
뻘에 빠진 꽃신처럼 못 벗어나고 있는
가난한 저 어마이 아바이 따라
자빠지고 엎어지고 고비고비 넘으면서 잔뼈 굵은

용사들답게 돈 많이 벌어
좋은 아빠 좋은 남편 좋은 가장되려는 각오가
우수 경칩 다 보낸 처마 끝 씨옥수수만큼
단단하게 서 있다

수인(囚人)의 노래

어릴 적 커다란 느티나무가 마을 입구에 서 있는
점촌 모전에 살적에
신작로로 나가는 둔덕을 걷다가
물 찬 논에 하늘이 들어 있는 것을 보았다
아직 조막 발이었으므로 비틀거리며
둔덕을 내려갔으리라

빠지면 죽을까 봐 겁나서 엉덩이를 뒤로 빼고 한참을
하늘에 있는 하늘 한 번 쳐다보고
논에 있는 하늘 한 번 쳐다보고 하다가
깜냥 돌멩이를 던져봤는데
하늘이 얼마나 맑고 깊든지
풍덩 빠진 돌멩이가 끝없이 가라앉았다

나는 하늘에 빠지지 않으려고
걸음을 조심조심하여 그 자리를 떠나왔는데
아 글쎄, 논바닥 깊이 잠겼던 하늘이
이상하다 이상하다 하는 나를 따라와 말없이
오래도 쫓아다니더니 내가 철들어 끼가 말개지자
싱긋이 웃으며 비로소 하늘로 올라갔다

그 후 나는 어떤 하늘도 점점 겁나지 않아져서
주판알 같은 세상에 붙들리고 말았다

남의 호주머니나 기웃거리고 탐내며
걸어도 겁나는 게 없어서 외롭고 무섭기가
구절양장 같은 길
논바닥에 잠긴 하늘에 빠지면 죽을까 봐 겁나고 싶다

제2부

어떤 죗값

어떤 새는 알을 깨고 나와 처음 맞닥뜨리는 것을 멋모르고 좇아간다더라

나 어릴 적 집 나간 엄마 찾아가는 아버지 따라 기차 타고 점촌에서 대처로 나올 때 잠시 정차한 김천역에 내려 국밥 먹으러 광장으로 나가다가 굴비 두릅처럼 포승줄에 묶인 푸른 수의 입은 긴 무리와 맞닥뜨렸지 광장을 가로질러 가면서도 똥 하나도 마음대로 싸고 싶을 때 못 싸게 생긴 무리가 홀린 듯 자꾸 돌아봐졌지 다시 기차에 올라 김천을 벗어날 때도 느릿느릿 끌려가던 그 무리한테서 못 벗어났지 살면서 무슨 죄라도 지어야 할 것처럼 생이 막막하고 절박해질 때면 검정고무신에 구부정한 어깨를 건들거리며 고장 난 기차처럼 따라오던 무리가 욕설처럼 떠올랐지 그들도 생의 끝으로 몰리다가 몰리다가 아차 하는 순간에 헛발 디뎌 낭떠러지로 떨어지기도 했을 거다

다들 오래전에 자유의 몸이 되기도 했겠지만 엇갈려 지나가는 순간에 하필이면 햇솜 같은 계집아이 첫눈에 띄었던 죄로 수십년 포승줄에 꽁꽁 묶인 채 공연한 욕 많이 얻어먹었지

사랑밖에 몰라

밑동이 한 아름이나 되는 플라타너스 곁에 선
은행나무 한 그루가 주렁주렁 알을 내달았네
속셈학원 뒷담장 너머 우듬지만 떨렁 내밀고 섰는
건달 같은 나무가 수컷이네

해 끝 수굿해지는 들마루에
밥사발 같은 젖무덤 아무렇지 않게 드러내놓고 앉아
열 입 먹고도 남을 칼국수 반죽
물씬한 젖내 풍기도록 밀어봤으면

저렇게 속없어 보이는 기골 장대한 여편네가 되어
이문 없는 장사 같은 거 꾸역꾸역하고 살아도
속상하지 말아 봤으면

작약꽃 굼실굼실 피어나는 몸빼 추켜올리며
진종일 상머슴처럼 일하고도
다 저문 삽짝 밀고 들어오는 기척 들리면
깃털 같은 몸짓으로 좇아 나가 수줍은 듯
웃음 흘리고 섰는 여편네로 살아봤으면

간지럼도 안 타는 머리 같은 거 개나 줘버리고
보온밥통 같은 심장이나
함박눈 내리는 겨울밤처럼 파먹으며 살았으면

아, 석 달도 하루 같고
하루도 백날처럼 아쉬웠으면

가족의 맛

좁아터진 골목에 시커먼 트럭을
터진 순대처럼 꽉 차게 박아놓고 차 머리를 딛고 서서
혼자 사는 노인네 감 따주는 게
무슨 벼슬도 아니고
깜빡이를 켜고 클랙슨을 누르다가
급기야 차에서 내려 얼른 차 빼시라며
언성 높아진 나를 향해

감을 따는 사내의 마누라, 감나무 주인 할매까지 나서서
"혼자 사는 노인네 감 따주느라 그러는데" 젊은 여자가
위아래도 모르고 소리 지른다고
본의 아니게 순 쌍놈 취급당하며 코너로 몰리고 있을 때

훤칠한 키의 젊은 남녀가 맨발 슬리퍼에
추리닝 차림으로 적들의 틈으로 나타나
단숨에 상황 파악 끝내고는
그때까지도 차 지붕에 올라앉아
느자구없는 말로 꾸물거리고 있는 사내에게
빨리 차 빼시라고 앙팡지게 이러더니
사내가 내려와 슬금슬금 차를 빼자

"엄마, 괜찮아?" 하며 내게로 다가오는 것이다

그거면 되지, 가족이라는 게
뭐 그렇게 눈에 넣고 빨듯이 할 필요 있는가
각자의 방에 반벙어리처럼 들어앉아 컴퓨터와
핸드폰 삼매경에 빠져 있다가도
한솥밥 저력이 예고 없이 필요하게 될 때 저렇게
온 골목이 눈부시도록 나타나
걱정 뚝뚝 묻어나는 눈길로 아래위를 훑어보며
괜찮냐고, 더듬고 물어볼 수 있으면 되는 거지

금강 변에서

겨울 풍경과 봄기운이 어우러져
빗속에서 두런거리고 있는 금강 변,
이런 날씨에도 어떤 강태공은 이미
낚싯대를 물가에 걸쳐놓고 앉아 깊은 몰입에
빠져 있고, 하얀 트럭을 끌고 방금 도착한 사내도
낚시 도구를 메고 지고 들고 강섶으로 내려선다

생의 한 부분을 저렇게 무언가에 미쳐
빗속에서 몰입하는 일로 써도 좋을 일

삶은, 시간을 밑밥 삼아 건져 올리는
크고 작은 포획물이지 않던가, 멀리
공주대교가 바라보이는 쪽으로 차를 대놓고
아무런 준비도 대책도 없이 주저앉아
지척에 있어도 가물거리는 너를
다시 낚는 중이다

우리가 서로의 시간을 던져 서로를 자꾸 낚지 않는다면
노을 지는 강섶 같은 나이에
무엇을 더 낚을 수 있겠나

인생은 너와 내가 서로에게 낚이어
가슴에 피멍 드는 아픔을 겪고 난 후에야
먼 풍경처럼 편안해지는 것

무작정 맨손으로 달려와
야속하고 미운 마음을 밑밥 삼아 앉았다가
저 수심 끝에서 묵직하게 올라오는 가련했고
따뜻하고 안타까웠던 시간들에 덜컥 물려
너라는 원수를 또 낚고 만다

성주

술 먹고 새벽녘에 나 들어와 잠들었던 남편이
부시시 일어나 화장실 볼일 보고
정수기 찬물 한 컵 뽑아 마시고는
비틀거리는 걸음으로
이 방 저 방문 열어 본다

이 너른 천지에 가진 거라고는
오두막 같은 이 성 하나와
백성 서이가 전부인 가난한 성주가
지난밤 술 마시느라 하지 못했던 책무를
시방 마저 하고 있는 중이다, 방마다
자신의 백성이 곤하게 잠들어 있다는 것이 확인되자
비로소 득의에 찬 미소 설핏 피워 물며
술 독 쩍쩍 묻어나는 신음 소리를
점등인의 지팡이처럼 앞세우고 자리로 돌아가
꿍 하며 큰대자로 누우시는데

밥그릇에 치이던 초로의 사내는 온데간데없고
자못 위엄 하시다

연어

여기서 돌아섭니다
더 간들 또 바다
또 바다라는 걸 이제 압니다
항해는 새 구두 같던 뱃머리가
적당히 지칠 때까지입니다
왜 우리는 가난하냐고 묻는 말에
어머니는 헛주먹질에 눈만 부라렸습니다
아무 대답도 할 수 없는 질문이었다는 것을
이렇게 멀리 떠나오고 나서야 알았습니다
다 늙어 헛주먹질도 할 수 없는
어머니가 계시는 곳으로 갑니다
내가 당도할 즘에는 어머니 자리에
내가 앉았을지도 모르겠습니다
돌아오지 않을 것처럼 떠나는
내 새끼들을 보면서

물컹한 침묵

할 말 못할 말
안 해본 말 없이 다 해보고 살아온 중년 내외 둘이
늦은 저녁 식탁에 마주 앉아 밥을 먹는데

숟가락질 소리 젓가락질 소리 티비 소리에 묻히고
아욱국 시원하게 목젖 넘어가는 소리도
티비 소리에 다 묻히고

팔월 석류 같은 침묵쯤이야 차라리 다행스러워
그 흔턴 쓰다 달다 말 한마디 없이
어쩌다 합석하게 된 사람들처럼 밥이나 먹는데

알타리무 대가리 어금니 뻐근하도록 연신
아작내는 소리에도 끄떡없는 이런 침묵에는
이빨도 안 들어가게 야물고 매운 말들이
보석바 속 얼음 알갱이처럼 박혀 있지만

돌아보면 폐허 같은 산등성이에도 꽃은 피어
젓가락질 잦은 반찬 그릇
총알 빌려주듯 슬쩍슬쩍 밀어도 주며

휴전협정 맺은 용사들처럼 마주 앉아

그저 밥이나 먹는데

단대목 특수

장염에 걸려 병원 응급실로 실려와
한자리하고 누운 엄마, 링거줄 주렁주렁 매단 채
분 단위 간격으로 화장실 들락거리는 와중에도
먼저 온 자식들 앞에서 미처 못 오거나
연락 안 되는 자식들 성화 대느라
배 아픈 건 곁다리다
와병 하나 마련된 김에 모래알 같은 자식들
그 옛날 밥숟가락 소리 달그락거리던
둘레 상머리처럼 그러모아 볼 심산이다
이런 날 아니면 언제 손님 맞잡이 같은 어려운 자식들
싸리 울타리처럼 두르고 누워
어설픈 위엄 부려볼 수 있으랴
생전 가야 전화 한 통 없다고 성화 대던
가운데 아들이 와도, 전화만 걸면 바쁘다고
끊으라고 소리 지르는 서운한 작은 딸이 와도
그저 온 걸로 됐다, 얼굴 한 번 보는 것만으로도
풀어지는 외로운 얼음덩어리가 나 아직
죽지 않았다는 소리를 응급실 앞세워 하고 있다
젊어 비 오고 몸이나 아파야 낮 구들에 뉘어보던
굽은 등을 조각배 같은 병원 침대에 누이고서야

전적으로 받아 보고 싶은 처연한 위로
다 고만고만하게 사느라 바쁜 자식들
뜨문뜨문 달려와 침대 발치에 선다
비로소 본격적으로 배가 아프다
매기 뚝 끊어진 좌판 시들어 가는 나물 같던
우리 엄마, 아들이 미는 휠체어에 앉아
며느리 수발 받으며 화장실 가는 길이
볕 좋은 장바닥처럼 떠르르 하다

치우는 일

나이를 먹으면서 살림살이를 늘어놓고 산다
눈에 띄는 곳에 두지 않으면, 금붙이를 두고도
쌀 떨어지면 굶고 앉았을 판이라 뭐든지
눈에 보이는 곳에 던져두고 사는데
이런 살림 솜씨가 못마땅한 남편은 생전
걸레질 한 번 하는 법 없으면서 어쩌다
마누라한테 심술이 생기면 여편네가
치우지도 안 하고 산다고 괜한 트집 잡으며
손에 잡히는 대로 내다 버린다
오늘도 온전치 못한 심사 바람이나 쐬려고
나갔다가 내친김에 직지사(直指寺)에 들러
'가족건강 발원금전소원' 글귀 새겨 넣은
기와 불사까지 하고 인연 소칠랑은
까짓것 내세에나 묻자 하고 밥때 맞춰
부리나케 들어왔더니 그단세
스크랩하려고 모아서 식탁의자에 놓아둔
신문지 뭉치가 분리수거 박스에 쑤셔 박혔다
구겨진 신문지 뭉치를 꺼내 펼쳐놓고
손바닥으로 문지르는데 돌아올 때
꾹 눌러두었던 상한 맘이 발딱 일어나며

입 찬 한마디 한다

내다 버리는 게 치우는 거면

나는 진작에 부처도 이루었겠다, 이누무 남정네야!

이제 와 하는 반성
―홍도야 울지 마라―

나는 윤도현의 노래 '사랑 투'를 좋아한다
"널 만나면 말없이 있어도 또 하나의 나처럼 편안했던 거야"
이 노랫말이 좋다 맹세컨대
이 말은 누군가에게 하는 말이 아니라
누구에게든 언젠가는 듣고 싶은 말임을 고백한다

GOD가 부르는 '촛불 하나'도 좋아한다
"지치고 힘들 때 내게 기대 언제나 네 곁에 서 있을게 혼자라
는 생각이 들지 않게 내가 너의 손잡아 줄게"
이 부분이 좋다 맹세컨대 이 말도
내가 그다지 큰 사람이라는 것이 아니다
내가 한없이 작아질 때
누구에게든 듣고 싶은 말임을 고백한다

아버지는 술만 자시면 '홍도야 울지마라'를 부르셨다
다른 부분은 두런두런 이야기하듯 하시다가
"홍도야 울지마라 오빠가 있다" 하는 부분에서는
마치 빚 보증서에 혈기 좋게 인감도장이라도 찍듯
호방하게 부르셨다
식구들은 늘 불안하고 못 마땅해했지만

얼굴도 모르는 홍도를
목젖이 빨개지도록 전적으로 달래셨다

사실은 아버지가 울고 계셨던 거다
아버지도 뜻대로 되지 않는 세상살이가 외롭고 힘들어
누군가에게 그렇듯 전적으로 달램을 받고 싶으셨던 거다

옥분이 오빠네 집

이제는 정신을 차렸겠거니 하고
집 한 칸이라도 마련해 주려고
함창에서 전대를 차고 올라오신 할아버지가
그날 저녁 동네 어귀를
갈지자걸음으로 들어서는 아버지를 보고
차고 온 전대를 풀지도 않고 돌아서서 함창으로
되내려가신 후 못 사고 놓쳐버린
갈마국민학교 담장 옆 옥분이 오빠네 집

중간 놀이 시간이면
개구멍으로 생라면 사러 다니곤 했던
조그만 구멍가게가 딸리고
넓은 마당에 사탕수수 키 자랑하던 그 집은

얼마 후 재개발 확정지에 들어 집주인에게
두둑한 보상금을 안겨준 후 헐리고 그 일대가
지금은 대전 제일가는 업무 상업 시설과
인근에 크로바아파트가
위풍당당을 떨고 있는 둔산지구가 되었다

참 무던하신 양반

엄마는 아직도
다급하고 바라는 일이 생기면
술주정뱅이 돌아가신 아버지
살아 그리 원수직이던 남편한테

이러고저러고 하다고
어떻게 좀 해보라고
누가 어떻고 저떻고 하다고
잘 보살펴 달라고
그렁한 눈매로 이르고 부탁을 한다

그러면 나는 짐짓
살아생전 제 식솔 하나 건사 못한 양반이
죽어 무슨 힘이 있다고 그런 걸 바라냐고 지청구를 넣는데

그러면 아버지는
여태껏 귀는 열어두셨는가
네 말이 맞는다는 듯 입을 꾹 다물고 계신다
세월이 그렇게 흘러도 일체 말이 없으시다
그 카랑 지던 성정은 어떻게 죽이고 있으신지

장마

그것은
막노동판에서 해 끝 저 나르는 아버지를
온종일 실비집에 가둬놓고
막걸리에 빈대떡이며 노릿하게 구운 노가리까지
사식으로 넣어주던 축축한 감옥

몸이나 아파야 벌건 낮에 방구들 져보는 어머니에게
노곤한 삭신 죽은 듯이 부리고 누워
배고픈 낮잠 한숨 누릴 복 선사하던 물의 감옥

인간 세상에서는 의지가지없는
어깨 무거운 자들을 위하여
출전 전야의 불안한 휴식처럼
하늘이 안배해 준 소소한 선물

빨간 신호등에 발목 잡히다 뻥 뚫린
고속도로에 안전하게 갇힌 허름한 자동차처럼
처마까지 쌓이는 폭설에 갇힌
농투사니 굽은 등처럼

눈먼 짐승이 다니는 길목이나 지키고 있는
어설픈 사냥꾼 같은

나도 오늘은 그 감옥에 갇혀
눈 밝은 연체료 따박따박 붙어나는
자유나 당하기로 한다

그늘

저녁상 물리고 동네 한 바퀴 도는 길
세월 묵은 나무들 쭉 선 골목으로 들어섰을 때
내 몸에 숭숭 구멍 뚫렸다

어둠에도 화석처럼 박혀 있는 그늘

가로등 빛 온몸으로 끌어당겨
감나무를 지키고 있다
엷어도 묵직하다

어미의 밤마실을 당당하게 하던
아비의 깊은 병처럼

무게

식구들 밥상 수발 다 들고 한술 뜨려고
상머리에 앉으려 할 때
들고 있던 은수저를 놓으며 시어머니가
숟가락이 무겁다고
병원에 입원했을 때 쓰던 숟가락을 달라고 했다
젊었던 나는 부엌데기 숟가락을 찾으며
숟가락 무게 그게 그거지 차이가 나면 얼마나 난다고
시집살이시키는 방법도 여러 가지라고
속으로 구시렁거렸다

그때 시어머니 나이 가까운 지금
나도 그 숟가락으로 밥을 먹는다
이쁘고 보기 좋은 숟가락 다 두고
때마다 가벼운 숟가락을 찾아든다

나이 먹으니 온몸이 저울이다
날이 갈수록 그 눈금 촘촘해진다

모과

향기로만 이루어진 몸이라니,
뚝뚝한 조강지처럼 약은 열매

창살 같은 가지에
다 비운 항아리처럼 웅크리고 앉아

등 휘어지도록 쏟아지는 달빛에도 거뜬한 척했으리
사금파리 같은 햇빛은 보고도 안 본 척했으리
헐렁한 남정네 바짓가랑이 같은 바람 소리는
듣고도 못 들은 척했으리
그편이 남는 장사라 여겼으리

몇 해 전까지 이 별에 살면서
속이 썩어 문드러지도록 참는 것이 전문이었던

그 여자가 남기고 간 빈자리 같은 냄새

내가 이래도 되나 하고

어린 것들 하고 만 원짜리도 쪼개 쓰며 살던 시절
대형마트에서 계산대 아르바이트할 적에
산더미같이 싣고 온 물건을 컨베이어에 척척 올려놓고
아무렇지도 않게 카드를 척 내밀고 섰다가
일시불로 긁고 가는 사람들이 놀라웠다
이제는 어린 것들도 웬만큼 커서 지 앞 가름하고
살다 보니, 하루 놓고 이틀 밥 걱정하는 일은
간신히 면해서 얼마 전부터는 마트에 가서
나도 별 주저 없이 주워 담은 물건을
계산대 컨베이어에 올리고 카드를 내밀고 섰다가
몇 개월 할부하시겠느냐고 묻는 직원의 말에
아무렇지도 않게 일시불로 해달라고 하고는
깜짝 놀라서, 기절했다가 막 깨어난 사람처럼
얼른 나를 점검한다
내가 이래도 되나 하고

남대천

연어가 돌아오고 있다고
알밴 연어가 돌아오는 길목을 지키고 있다가

엉덩이를 뒤로 쭉 빼고
숨을 헐떡거리며 먼 길을 달려온
배꼽이 툭 튀어나온 연어를 잡아 회를 쳐서는
초고추장 푹 찍어 있는 대로 입을 벌려
한입 가득 집어넣고 우물거리며

산란기라 육질이 연하고 고소하다고
연어가 제철이라고
새끼 한 번 낳아본 적 없게 생긴 새파란 여자가
마이크에 대고 갖은 호들갑을 떨어대자

일념의 어미 연어들이
장정에 천근만근 한 팔다리를 홀떡 걷어붙이고는
남대천 맑은 등짝이 너덜너덜해지도록
발을 구르고 난타질 해대는데

　저만하면 뱃속의 어린것들은 충분히 아무 소리도 못 들었을
것이다

제3부

순장

그 먼 옛날
어느 나라 변방 사람들은
죽은 뒤에도 먹고
일을 해야 한다고 여겨서
여자의 영혼에는 물레가
남자의 영혼에는 창이 필요할 것이라고 믿어
함께 묻어주었다고 합니다*

세상은 여전히 먹고사는 일이 으뜸이기는 하지마는
때때로 더 먼 곳을 바라보며 밥을 잊기도 하던 당신이

죽어서도 사랑을 기억하고
사랑이 필요하다고 생각한다면

세상의 모든 빛과 색과 소리와
모양과 움직임을 가지치기했을 때
마지막 남는 것 하나가
사랑이라고 생각하는

나를 넣어서 봉분을 높여 드릴까요

*미하일 일린, 『인간의 역사』, 218쪽에서

가로등 불빛이 창으로 걸어들어와
달빛행세를 하는 밤에

그대여

우주에는 서로 간의 거리가
백만 킬로미터의 삼천 배에 달하는
수천억 개의 별들로 이루어진 은하가
수천억 개의 수천억 개가 넘는다고 합니다

지구와 가장 가까운 곳에 있는 별 켄타우르스까지는
암스트롱이 다녀온 달까지의 거리보다 1억 배나
멀어서 최첨단 우주선으로 그곳에 가려면
40만 년이 걸리고, 초속 30만 킬로미터
빛의 속도로 가도 4광년이 넘게 걸리는데
이름도 이쁜 시리우스까지 가려면 다시
4광년 하고도 석 달을 더 가야 한답니다

어떤 종이 위에다가 지구를
팥알만 한 크기로 그린다고 해도
목성은 삼백 미터 후방에 명왕성은
이천사백 미터 떨어진 곳에 그려야 하는데
아무리 작게 그려도 이천오백 미터가 넘는

도화지가 아니고는 세균만 하게도
표시할 수 없다고 합니다

우주는 원수처럼 헤어진 사람 간의 거리보다 멀고
그리움처럼 얼마나 넓다고 말하기도 어려운데
5월 뒷산 감나무 하얀 꽃 떨어지는 순간에도
다시는 돌아오지 않을 것처럼 멀어지고 있어서
이루 말로 표현할 수 없는 그것을
메타 우주라고 부르는 것으로도 모자란다고 합니다

그러나 종이 버선을 신으면 사라지고 말
저 무상한 것들이
영원을 맹세하던 밤처럼 아까워
나는 종종
먼 바다 물결처럼
쓸쓸함에 뒤채이곤 합니다

서울 아리랑

출발할 때는 남도 사투리 찐하게 쓰는 사람들을
태우고 도착해서는 서울깍쟁이를
자판기 거스름돈처럼 쏟아놓는
마술 지팡이 같은 고속버스를 타고
강남 터미널에 내려 속옷 몇 벌
지문 같은 사진 몇 장 깊이 묻은
캐리어 가방을 끌고 명동으로 파고들어
회색도시 그럴싸하게 파묻는
함박눈 같은 사람들 속에 묻히리

미지근한 피의 고리도 부르면
뒤돌아보기 머뭇거려지는 이름도
흑백사진첩 가물한 기억처럼 덮어 두고
걷다가 어깨가 부딪혀도 고개 돌리지 않아도 되는 사람들 틈
에 끼어
남은 세월은 거미줄에 걸리지 않은
나비의 날개처럼 살다 가리

집어등 같은 세상도 날이 밝으면
저마다 외롭고 고독한 본연의 모습으로 돌아가고

외로움을 숨기지 않아도 들키지 않는
허공을 움켜쥔 빈손을 애써 감추지 않아도 되는
상처가 흉이 되지 않고
어두운 과거도 한 송이 꽃이 되는 도시에서
그 모습에서 내가 보여 가슴 젖는 사람들과
저 시베리아 벌판까지 내다르는 레일처럼 걸어가리

까짓것, 어디에서 살아도 서러운 이름
숲에서라야 묻히는 한그루 굽은 나무처럼
서울의 빽빽한 거리에서
비로소 자유로운 사람으로 태어나리

희망이 없어도 희망을 바라게 되는 곳
온종일 꿈을 꾸어도 꿈이 줄어들지 않는 곳에서
지병 같은 그리움이 사
찬물로 입을 헹구듯 살아가리

임계에서

버스가 하루 두 차례 들어오는 외딴 동네,
뒤로 깊은 산을 숨겨두고 있는 유물 같은 구멍가게에서는
유통기한 지난 과자나 음료수 말고
사랑을 팔았으면 좋겠다

숨도 안 쉬고 사는 듯 드러나지 않은,
유행 지난 옷처럼 안 팔리는 것 같지만
눈을 감고 돌아앉아 스스로 안 팔리고 있는
희귀병 같은 사랑을 팔았으면 좋겠다

유골 뼛가루 같은 먼지 뽀얗게 뒤집어쓰고 있어도
내 손이 닿으면, 따뜻한 온기를
아무도 모르는 정표처럼 가만히 전해 오는

유통기한이 십만 년도 더 남은 사랑을 사서 돌아 나올 적에는
귓바퀴가 어깨까지 늘어진 달빛이
세상으로 나가는 길을 가만가만 지우고 있어도 좋겠다

저 하늘에 별이 몇천 개쯤만 있었을 무렵 어느 날
아무 날 아무 데서 만나자고 헤어지고서

코스모스 만개하는 바람에 못 만나고 있는

내 남은 시간 전부를 금 치르고 싶은
그 사랑

해질녘

세상에는
좀 덜 우울했으면 좋겠다
좀 덜 슬펐으면 좋겠다는 말도 있다는 것을
군산 하구언 둑방 언저리
솔밭 나무 밴치에서 처음 알았습니다

"행복하고 싶다"라는 말이
거미줄에 걸린 작은 날 것의 파닥이는
날개처럼 불행한 말인 줄도 처음 알았습니다

살아도 살아도 줄지 않는
우울과 슬픔과
봄이 오면 꽃이 피는 세상에서 유빙처럼 떠돌다
저세상으로 떠밀려 간 목숨들에게

아직은 살구꽃이 피었다는 핑계를 제목 삼아
소리 죽인 신음을 꾹꾹 눌러 타전 합니다

좀 덜 우울해도 좋았을 뻔했습니다
좀 덜 슬퍼도 좋았을 뻔했습니다

소곡

이제 와 외로워서 어쩌나
뒷마당에 내리는 비처럼 쓸쓸해서 어쩌나

뻐꾸기 소리 종이배처럼 흐르던 길에 구절초 피고
눈가생이 주름 같은 소국은 피고

쫓기며 닫아둔 문으로 바람이 드네
겨우내 파먹은 무 구덩이 같은 가슴에 바람이 드네

빈방 알전구처럼 뜨거워지는 마음

몰래 꺼내 들 그리움도 없이
멋모르고 남겨둔 그리움도 없이

오후

오래된 단청처럼 꺼실한 늙은 개 한 마리
초록불 간당거리는 대로 사거리 횡단보도를
천천히 천천히 건너가네

삶이 된 물결에 떠밀려 가는 스티로폼 쓰레기 더미처럼 무거
운 사람처럼 걸어가네
살아보니 다 부질없어서 사랑도 이별도 서두를 일 없었다고
뉘우치는 사람처럼 걸어가네
닳아버린 지문처럼 슬프지도 않은 사람처럼 걸어가네
그리움이 없어서 찬물처럼 아픈 사람처럼 걸어가네

꽃이 피면 이쁘다고 말하고 싶은 사람처럼 걸어가네

메아리는 절망이다

물음표도 없이
느낌표도 없이
징징거리며 돌아오는 메아리는 절망이다

내가 어깨를 깊이 오므리고
야, 하고 외치는 건
얼마나 '더'냐고 묻는 것인데

왜, 하는 몸 시늉 한 자락 없이
그래, 하는 고갯짓 그림자 한끝도 없이

혀를 닫자는 빼물고 되돌아와
명치끝에서 스러져 버리는 메아리는

그대로가 절망이다

나도 겁쟁이다

삼십오 년 만에 나간 국민학교 동창회에서
졸업 후 처음 만났던, 학교 다닐 적에는
따로 말 한마디 나누지 않았을지도 모르는
온몸에 세월 흔적 그득하던 노총각 용택이가
아침녘 전화를 걸어와
노상 소식 주고받으며 사는 사람들처럼
안부를 물었는데
나는 가슴을 웅크렸다

다만 인간적인 가슴 한 움큼이 필요했던
내 작은 진심이 건너갔을 때
그들도 그렇게
가슴을 웅크렸던 것이다

우리는 다 같은 극이다
내 모습이 보이는 것에서는 고개를 돌리게 되는

대화의 정석

그리고 다시 소나기가
산과 들과 집채만 한 플라타너스나무와
보람아파트 외벽과 노란 우산의 뜨거운 귀를
한바탕 적시는 동안
눈을 동그랗게 뜨고 침묵하고 있던
매미가, 소나기가 멎자
달구어진 후라이펜 간고등어 뒤척이는
뜨거운 목소리로 옥상의 흰 빨래와
전선 위 참새와 낡은 이층집 구멍 난 채양과
텃밭 열무꽃 하얀 귀를
뽀송뽀송하게 말리는 것이었다

그리하여 여름은
마음껏 뜨겁고
있는 힘껏 울창해지는 것이었다

긴 것은 징그럽다

뱀이 혀를 날름거리며
고사목 가지 끝을 향하여 조금씩 조금씩 다가오자
궁지에 몰린 날도마뱀이 허공으로 몸을 던진다

뱀은 이제 끝이다,
먹이를 놓쳤으니 군침을 거두고
몸을 돌려 둥치로 돌아가는 길이
멀고 길 것이다

허공으로 뛰어든 날도마뱀이
여덟 개의 늑골을 활짝 펼쳐 포물선을 긋기 시작한다

그때였다, 새털구름이
파랗게 물 들어가는 하늘에 뱀이
포물선을 긋기 시작한 것은 순식간이다

긴 허리를 척척 접어
햇발이 지르는 사선을 툭툭 잘라내며
느릿느릿 허공을 돌진해 간다

저 가파러진 허공에
밑 뚫린 맨몸뚱이 하나
구 불 떡
구 불 떡
구 불 떡

순록의 눈물

초지를 찾아 남쪽 끝을 향하여 이동하는 순록의 무리 중 한
마리를 올무로 낚아채어
굵은 목에 밧줄을 걸고 둘이 엇방향으로 서서 순록의 숨통을
힘껏 조이던 이누이트들은
순록의 숨이 끊어졌는지 확인하기 위해 손가락으로 순록의 커
다란 눈알을 만져보는데, 숨이 끊어지면
순록의 눈동자가 건조해지기 때문이라고 한다

마치 오랜 세월 척박한 툰드라를 함께 살아온
순박한 이누이트들이 집과 밥과
옷과 생활용품을 얻기 위해 순록을 죽여야만 할 때
자신들의 축축한 눈을 보고 행여 미안해하지 않도록
몸을 버려야 하는 순간 눈물마저 감추어 버리기로
맹세라도 한 것처럼

흰 똥

아파트 화단 단풍나무 이파리도 다 자시고
담장 너머 모과나무 이파리도 다 자시고
대로변 은행나무 이파리도 다 자시고
학교 운동장 플라타너스 이파리도 다 자시고

백자 항아리 화분 그득하던
주먹만 한 국화 송이도 우걱우걱 다 자시고
가으내, 먼 데 앞산 장백이가 훤하도록
이파리란 이파리는
어 참 맛나다 뚝뚝 따 자시더니

드디어 뒤를 보신다,
되직한 흰 똥을
천지간이 뭉개지도록
허벌나게 누신다

아직은 거뜬하시다

바구미들

온 나라가 연일
40°를 오르내리는 폭염으로 덜덜 떨고 있는데
콘크리트를 부수어 공원을 만들어도 시원찮을 판에
갓난아기 허파만 하게 남은 공원을 헐어
아파트를 짓겠다고 하지를 않나
아스팔트를 뜯어내고 나무를 심어도 모자랄 판에
아름드리나무를 베어내고
아스팔트를 깔겠다고 하지를 않나

저런 기가 막히는 뉴스를
쇼파에 삐딱하니 누워 보다가
"미쳤다"라고 흥분하며 벌떡 일어나
생수통 나발을 부는 나나

저렇게 셈에 어두운 인간들은
밥도 주지 말고
한 줄에 꽁꽁 묶어
어디 멀리 귀양이라도 보냈으면 좋겠는
열대야가 득의양양 거리는 밤이다

엄숙한 보행

평일 아침이었다
중리동 사거리 용전동 방향으로 내왕하는 차선의
젊은 차들이 신호가 바뀌어도
싸움소 뒤 발길질하듯
배기구만 덜덜 떨고 있었다
무슨 일인가 하고 고개를 빼고 보니
아, 하얀 모시 치마저고리를 차려입은 할머니 한 분
이제 빨간 신호등마저 빨리 건너오라고 재촉하는
횡단보도를 유유히 유유히 건너가고 있었다
어떤 근육질의 차력사보다도 가볍게
수십 대의 차를
천천히 천천히 끌고 있었다

세상의 온갖 속도가
읍하고 서 있었다

제4부

이웃

초파일 지나 느지막이 천태산 영국사에 갔는데요
"축 부처님 오신 날 영 동 성 당"이라고 쓴
분홍 리본 얌전하게 묶인 벤자민 화분이
대웅전 신중단에 놓여 있었습니다
나는 왜 그런지 무척이나 반가워
부처님 전에 들고 온 속내 털어놓을 때
묵지근하던 기분도 다 잊고
얼른 휴대폰 카메라 찾아들고
그리운 옛 인연 만나기나 한 것처럼 사진
두어 컷 찍으며 빙긋이 웃음 물었는데요
아는 사람이 보면, 마치
삼소도(三笑圖)를 보는 듯도 했을 것 같고
삼소회(三笑會) 아름다운 화음을 듣는 듯도 했겠지요

이 판에 나도 그냥 말수 없어서
급조한 선물로 운수의 정* 한자락
그윽하게 뽑아 올렸습니다

*원불교 성가

천년은행나무의 말씀

무겁고 화급할 때 그 부처님 찾아가면
그저 놓으라고만 하시더니
천태산 영국사 부처님도 하냥 같은 말씀이시라
본전도 못한 어설픈 장사꾼처럼
터덕터덕 내려오다 마주한
천년 은행나무,
멀거니 한참을 올려다보고 섰는 나에게
눈주름살 같은 가지 가만가만 흔들어 하시는 말씀

견뎌라,
사랑도 견디고 이별도 견디고 외로움도 견디고
오금에 바람 드는 참혹한 계절
밑 드러난 쌀통처럼 무거운 간난도 견뎌라
죽어도 용서할 수 없을 것 같은 어금니 시린 배신과
구멍 뚫린 양말처럼 허전한 불신도 견디고
구린내를 피우고도 우뭉 떨었던
생각할수록 화끈거리는 양심도 견뎌라
어깨너머로 글 깨우친 종놈의 뜨거운 가슴 같은 분노도 견디고
싸리나무 같은 가슴에 서럽게 묻혔던
가을 배꽃처럼 피어나는 꿈도 견뎌라

들판의 농부가 작은 등판으로 온 뙤약볕을 견디듯
가느다란 외등이 눈보라 치는 겨울밤을 견디듯

너의 평생이
나의 천 년 아니겠느냐

영산

그날 눈이 왔던가

어린 조카와 멀리서 온
이승에서는 처음 만난 나와
나목 가지 사이를 넘어가는 달빛처럼 이야기를 나누다가
부친의 부음을 받은 성 교무님이

아무 일도 아닌 듯

어린 조카와 멀리서
조금 전에 도착한 나를 데리고
영광으로 나가는 버스를 기다리던 참이었던가
호빵과 베지밀을 사서 어린 조카와
그 사이 삶과 죽음의 경계선이 모호해져 버린
나와 가벼운 여행길에 선 듯 나누어 먹던 곳

버스가 오기 전
푸른 신열을 앓고 있던 내가
정남(貞男)을 서원한 이유를 물어도
자연스럽던 곳

"수 없는 생을 했고 앞으로 또 수 없는 생을 할 텐데
이번 생은 좀 쉴란다" 하는 답이 내가
물을 마시고 손등으로 쓱 입술을 훔치듯 돌아와

근시안의 내 안에
삼세가 폭설처럼 내리 쌓이던 곳

그 질로 걷잡을 수 없이 길을 잃기 시작했던 곳

없어도 있는

한때 나는 나를 삼세의 바다를 흘러가는
조각배라 여기던 적 있었으나
그 사이 끼도 들대로 들고
평생 머리에 이고 사는
저 하늘이, 우주가, 수도 헤아릴 수 없는
은하를 경작하고 있는 밭이라고 하니
저 밝고 한 치 허튼 구석도 없어 뵈는 천지 어디에
뭐 그런 게 있을까 싶기도 해서
거진 무시하고
좀 슬슬한 듯 사는데

나는 그 섬나라에 개인적으로 아는 사람도 없고
그들로부터 직접적으로 무슨
억울한 일을 당한 적도 없고
내가 그렇게 속 좁고 인정머리 없는 사람이
아닌데도 그 나라 이야기에는
길 가다가 묵은 감정 있는 사람 마주친 것처럼
거북하고부터 볼 때면, 아무래도 내가 지금
게다 소리 이 산천을
함부로 따각거리던 세상을 거쳐

또 한 세상 흘러가고 있는 것만 같으니

세숫대야 냉면 사발보다 너른 우주 어디에
하다못해, 이슬방울만 한 내세 하나 따로 없다 해도
하늘의 이치는 소소 역력한 것도 같고
맹, 죽음은 끝이 아니라 그저
좀 더 긴 이별일 뿐인 것도 같고

밑천

몇 며칠을 솜씨 없는 낚시꾼처럼 공치고 앉았다가
같은 업을 하는 옆집을 지나쳐온
모르는 손님이 선물처럼 다녀가고 나서야
서리 맞은 풀처럼 새들이 하던 얼굴에 화색이 돈다

결국은 또 누군가 어디선가 이렇게 와 주어서
늦은 밥상을 받듯
오늘도 또 살아지게 되는데

따지고 보면 나는 신상이 아니다
벌써 오래전 몇 억겁 전부터 만들어져서
손때 기름때 눈물 콧물 다 묻은
오래된 옷이다

이 옷을 입고
어딘들 누군들 무슨 일인들 해보지 않았으랴,

더러 나쁜 짓도 했겠지만
나보다 못한 이를 위하여
먹던 밥술 덜어내어 건네지는 않았으랴

어느 생은

만선의 꿈을 농락하는 풍랑처럼

불량하기도 하였겠지

물은 전부 다 용왕님 소관

그 꼬장뗑이 노 보살이 년 초 신수 풀이해 주고는 정이 답답하면 커다란 북어 열 마리만 사다가 흰 종이에 싼 재갈 물려 대청 댐 깊은 데에다 휙휙 던지라고 하데요 그러면 뭐가 좋으냐고 물으니 용왕님께서 기뻐하신다고, 용왕님 자손들 배불리 먹게 해 줬으니 좋아서 복 주신다고 하데요 대청댐은 바다가 아닌데 괜찮으냐고, 용왕님은 바다에 사시는 거 아니냐고 물었더니 다 쥐어놓으면 한주먹 내기도 안 되게 생긴 그 노 보살 눈빛 서늘하게 쏘아보며 사주풀이 책을 쇳 바람 소리 나게 탁 덮더니 "물은 전부 다 용왕님 소관"이라고 딱 잘라 한마디 하데요 찰나 같은 순간에 숱한 생각 들었지만 그래도 기대어 보고 싶었던지 그런 이치도 있을 법하다는 생각 들데요 하기사 어떤 욕심 많은 인간이 방생한답시고 민물 미꾸라지를 바다에 풀면 그 꼬무락거리던 파리한 미꾸라지들은 금세 모가지 탁 접혀 팔자에 없는 몸 보시 한 것이 되지 않겠어요, 그러면 한양 나라님처럼 눈 어두운 용왕님 심기 멋모르고 흐뭇하기도 하시겠지요 그러면 내 눈물도 용왕님 소관이냐고 물어보려다가 노 보살 밥그릇 기세 하도 등등하고, 남의 간 후려 제 목숨 늘리려던 늙은이가 며느리도 모르는 남의 시정 뭐 그리 세세할까 싶어 입 다물고 말았습니다

오도재를 넘어

함양 마천 안국사에 갔지
마천루 높이 앉은 절 마당에
가을볕 노랗게 오수에 들고 있었지
하, 만사가 덧없어졌지

이런 날은
서슬 푸르던 지리산도 소리 없이 단풍물 들고
처마까지 기웃대던 하늘도 더 높이 물러서는데

배가 불룩한 초로의 비구승 하나
회색 그림자 길게 끌고
웅변보다 더 우렁찬
고요의 늑골 가르며 건너왔지

이런 날은
부처님 말씀도 덧없는 것인 줄 모르고

생이 어떻고
멸이 어떻고
합이 어떻고 했지
하, 고장 난 보청기처럼 귀 먹고 싶었지

극치

꿈에 보이는 소는 조상이라고
조상이 꿈에 보이는 건 근심이라고
꿈에 소가 보인 날 아침이면
어머니는
빈 병 입새에 이는 바람 같은 음성으로
고단한 신간을 되뇌곤 했다

제삿날 조상님 운감하시라고
달빛 그윽한 봉당으로
기척 없이 내려서는 제주(祭主)들처럼
볕바른 마당으로 우리를 나서는

누런 소 다섯 마리를 꿈에 본 아침,
열매가 툭, 하고 떨어지는 소리*도 들리지 않는 세상에서
지척의 쥐도 새도 모르는
내 신간이 헤아려지고 있었다니

이 집어등 같은 세상으로 끌고 나와
쓸쓸하고 막막하기를 밥 먹듯이 하고 있는
미안한 나에게

너도 혼자가 아니라고
봐라 봐라 봐라 하고 서서

*박목월 시 〈하관〉에서 빌림

개구신 지기다

내 경험에 의하면
잘 먹고 많이 먹으면 살이 찌더라고
필리핀 깡촌에서 시집올 적에는
폐병쟁이처럼 말랐던 어린 새댁도
알뜰하고 착한 신랑하고 공가롭게 살면서
도독하게 볼살 오르고 허리 굵어졌더라고

오래전 성직자들이 사는 집을 방문하게 되었을 때
딴에는 가난한 사람보다 더 가난하게 사는 사람들이 사는 집
에 간다고
없는 호주머니 털어 중앙시장 빵집에서 헐한 빵 한 보따리 사
들고 갔었지
부처님보다 하나님보다 더 높은 사람들이 사는 줄도 모르고

회색빛 승복을 칼같이 빳빳하게 다려 입고
비싼 수입차에서 내리는 희멀쑥한 거구와 마주치면
죄와 죄가 얼씨구나 하고 엉겨 붙을 것 같아
멀리 돌아가고 싶더군
그런 사람이 하는 법문의 맛은 어떨까
맛이란 혀끝이 아니라 마음으로 봐야 하는 거라고

울 엄니는 늘 말했는데

언젠가 하도 외롭고 하도 마음 아픈 날
누가 좀 들어줬으면 싶어서
동네 성당에 전화해서 고해성사라도 좀 하고 싶다고 했더니
가톨릭 신자가 아니어서 안 된다고 하더군
이웃지간에 치사하게
하나님이 그렇게 하라고 시킨 건 아닐 테고

그렇다고 그냥 있다가는 마음 아픈 '나'한테 무슨 일이라도 당
할 것 같아
위험한 나를 피해 어느 교당엘 갔더니
바람 한 점 드나들 수 없게 생긴 문이
대낮인데도 굳게 잠겨 있더군

하필이면 평일 낮에 외롭고 마음 아픈 사람이
세상에서 제일 불쌍한 사람이더군

온누리 수산시장 가자미들은
전부 눈이 한쪽으로 붙어 있더군

쑥이 지천이다

망할 놈의 할마이,
말로 해서 안 되면 그만에 말지 무슨 청승으로
석 달 열흘씩이나 새까만 동굴에 주리 틀고 앉아
혀끝 둘둘 말리는 쑥 덩어리와
진땀 삐질거리는 마늘을 먹겠다고 했냔 말이래,
하늘도 눈이 있는데 정 안 되면
나 죽을란다고 나자빠질 일이지 무슨 풍신으로
이를 악물고 고얀 질을 딜이났냔 말이래
그래 보이, 세상 꼭대기에 올라앉아
용 안 쓰고 살도 못하고
손끝에 물 튕기고 살도 못하면서
무슨 지랄로 그 들쌀을 지기 났는가 말이래
그래 놓이 호랑말코 같은 세상도
툭하면 억시다고 애마 한 소리나 해 쌌잖는가 말이래

인라인을 타는 한 무리 남자들
비호같이 하류로 내다르는 강둑에
몇 날째 나앉아 쑥을 뜯는 여자, 오늘은
쑥 모가지를 지르는 칼끝이 재다

문자를 받다

지장암 총무에게서 일요법회 참석하라고 문자가 왔다
우리들교회 조 목사에게서 일요예배 참석하라고
문자가 왔다, 이웃들은 나의 행복과 영생을
이토록 친절하게 염려해 주는데

정작 나는, 멀리 날아와
죽은 나뭇가지에 오래 앉아 있는 새처럼 무표정한 얼굴로
오는 문자를 열고 지우고 그리고 잊어버릴 뿐이다

어느 쪽의 손도 잡지 못하는
시린 손을 가진 사람의 영생은 어떻게 되는 것일까
죽어서 별이 된 사람이 있다면 만나 물어보고 싶다

돌이킬 수 없는

정산에서 대전으로 들어오는 국도변 유구 쯤
베다만 들깨 밭고랑 사이를 다 턴 깻단 들고 드나드는
허리가 기억 자로 굽은 할매
사람 그림자 얼씬거리자
들고 있던 깻단 고랑에 제쳐두고
난생처음 보는 사람도 오래 기다린 사람처럼
반가이 맞아 앉히며 알지도 못하고
묻지도 않은 자식 자랑 줄줄이 늘어지네
무슨 회사 사장 하는 큰아들 공무원 하는 큰 며느리
무슨 중학교 선생 하는 작은아들 초등학교 선생 하는 작은며
느리
양쪽으로 여는 냉장고 바꿔준 작은딸
공부 잘해 장학금 받은 큰손주

저 할매 저리 꼬부라지도록 남의 인생에만 길들여지고 살아서
이제는
자식 그늘 외에는 들어가고 싶은 곳도 없고
자식 그림자 외에는 보고 싶은 것도 없고
자식 목소리 외에는 얻고 싶은 것도 없고
자식 얘기 말고는 배부른 것도 없는 듯한데

자식 얘기 말고 할매 얘기해 보라고 넌짓 거리자
누룽지처럼 따갈 따갈 하게 굳어버린 자신은
온몸에 피어난 검버섯만큼이나 아픈지
온통 주름살 속에 갇힌 여자가
먼 데로 흐르는 시선처럼 웃네
자식이라는 죄목으로 꽉 들어찬 늙은 집 한 채가
덜 여문 곡식 갈아엎어 버린 들판처럼 웃네

조선 땅의 여자 우리에 갇혀
남의 인생으로 사육 되어진
저 돌이킬 수 없는 어미 짐승

무덤

빨간 걸 보니 수일 전이었겠구나

노란꽃 한 다발 놓였다

믿기지 않는 어떤 이가

이 경계와 저 경계를

확인하고 갔겠구나

부드러운 단면

한때는 목덜미가 새 지폐처럼 빳빳했던 사내
센물이 순천만처럼 그득할 적에는
온갖 철새도 품었던 사내
하루에 하루가 겹치고 늘 같은 하루 같았으나
흔들리고 자빠졌던 자리마다
바닷길 같은 골이 터지고
아무도 눈치채지 못하는 사이
온몸에 단풍 물이 든 사내

절 삭아 능선처럼 부드러워진 사내가
바람이 끄는 대로 머리를 두는 순순한 억새밭에서
없는 듯이 서서 사진을 찍는다

차르르
초고속 디지털카메라에, 마파람
북쪽으로 일제히 길을 잡은
억새들이 그득히 담겼다

시절 인연

경남 사천 감곡마을 앞 도로변 감 장사 할마씨들
감 무더기 앞앞이 탑처럼 쌓아놓고 앉았다가
신호 대기 풀린 차들 움직이기 시작하면
이리 오이소! 멀리 가지 말고 이리 오이소!
갈고리 같은 손 흔들며 파도타기 하는데

차에서 내린 젊은 남자 하나
어쩌면 한 배에서 났을지도 모르는
숱한 감 무더기 다 내빌라두고
저만치 볼우물처럼 박힌 할마씨 앞에 멈춰 서서
이내 흥정 끝난 감 보따리 집어 들고
왔던 길 돌아간다

먼 데로 가지 말고 이리로 가차이 오라는 말은
우리 언젠가 만났던 적이 있었을지도 모른다는
더듬어 보면 짚이는 데가 있을지도 모른다는
오래된 그리움의 말

그 간곡한 부름에도 발길이 따로 향한다는 것은
이제는 내가 너를 만나야 할 때가 되어

오로지 너에게로 간다는
다 익은 꽃 같은 말

지금은 묵은 이야기 같은 감 때문에
벌떼처럼 일어서서, 올라가지 말고
요리 쪽 빠져 오라며 손짓 급해지는
저 꼬두바리 할마씨도 중간에 감 무더기에
옴팡집처럼 폭 파묻힌 할마씨도
해지고 나면 모두 제 몫의 감을 팔고
빈 광주리 같은 몸을 끌고
왔던 길로 소리 없이 돌아갈 것을

인터뷰

시에 대한 일관된 열정과 자긍심

○이 시집은 때때로 거칠지만 매우 시원한 어법을 곳곳에서 마주칠 수 있다. 좋은 시는 수사나 기교가 아니다. 시에서 수사나 기교보다 앞서는 것이 무엇이라고 생각하는가.

나는 내가 읽고 싶은 시를 쓰고 싶다. 수사를 잘 활용하고 기교를 잘 부릴 수 있는 것도 시를 잘 쓰는 사람이 할 수 있는 것일는지도 모른다. 잘 노는 사람이 마음만 먹으면 공부도 잘 해내는 것처럼 말이다. 나는 수사 활용과 기교를 부리는 것에 능하지 못해서 거칠고 쉬운 말을 구사하는 건지도 모르겠다. 당연히 수사나 기교보다 앞서는 것은 진정성일 것이다.

○시집을 통독하면 시인의 오래된 자긍심이 느껴진다. 오래된 자긍심은 시에 대한 오래된 열정의 다른 이름일 것이다. 언제부터 시를 썼는가.

2004년 어느 날 모 종합월간지 대표가 느닷없이 등단하라고 찾아왔었다. 그때까지도 시인은 대학에서 문학을 전공하고 신춘문예나 유수의 출판사에 응모해서 당선되어야 시인이 되는 줄로 알고 있었다. 그런데 시 한 편도 없는 사람한테 좇아와 까페 게시글에 달린 몇 줄 글을 보고 시를 쓸 수 있는 싹수가 보인다고 말하는데 어처구니가 없으면서도 그런 이치도 있겠구나 하는 생각도 들고, 여북했으면 시를 쓰는 사람도 아닌 사람한테 와서 등단을 하자고 할까 싶기도 해서 그때 돈 250만 원을 내고 시 4편을 부리나케 써서 신인상을 받았다. 이후 얼마 지나지 않아 등단은 그렇게 하면 안 되는 것이라는 것을 알았다. 그리고 그때 일은 까맣게 잊고 살았는데 2018년 신춘문예에 당선되었다가 그때 신인상 받은 것에 발목이 잡혀서 당선 취소되었다.

○'시인의 말'처럼 이 시집을 관통하는 것은 한 마디로 '쓸쓸함'과 '서러움' 혹은 '외로움'과 '아픔'이라고 할 수 있다. 이 시집에서 시인의 쓸쓸함과 서러움, 외로움과 아픔이 시의 배경이 된 이유가 딱히 무엇이라고 할 수 있을까.

　인간이 그렇지 않나, 쓸쓸하고 서럽고 외롭고 아프고. 그것은 모든 인간의 공통점일 것이다. 모든 시인이 그렇듯 나도 그것을 그렇다고 글자로 신음을 한 것이다. 소설가는 소설로 신음 소리를 내고 가수는 노래로 신음 소리를 내는 것이다. 다른 이들은 또 각자의 방식대로 오는 대로 받아들이고, 가는 대로 보내고 견디며 살 것이다. 시는 슬픔과 외로움과 아픔과 허무함을 주식으로 하는 유기물이다.

○약자의 '약점'을 직접적으로 표면에 드러내는 것도 이 시집의 장점일 것이다. 시는 어떤 면에서 치부나 약점을 가감 없이 드러내는 것이다. 시인의 입장은 어떤 것인가.

약자의 약점이란 대부분 경제적 불평등의 소산들일 것이다. 아비가 가난해서 유년을 어렵게 보내고, 아비는 계속 가난해서 청소년기를 우울하게 보내고, 아비는 아직도 가난해서 좋은 스펙을 쌓지 못해 빛나는 직장에 취업할 기회를 얻지 못하고…. 그것은 사회구조적인 문제의 한 부분일 것이다. 그것이 왜 부끄러워야 하는가. 그러나 세상은 그러한 약점을 개인적인 잘못인 것처럼 몰고 가는 경향이 있다. 그래서 부끄럽게 여기도록 만든다. 약점을 약점이라고 떠벌이지도 않지만 숨기려고도 하지 않는다. 내게 이런 약점이 있다고 말할 수 있는 것은, 나는 이런 무기(장점)를 가지고 있다고 말하는 것과 다르지 않을 것이다.

○그리고 '슬픈 속도'는 짧은 순간의 찰나이지만 시적 긴장이나 시적 속내가 느리고 슬픈 속도이기보다 매우 긴박하고 그 속도감이 빠르게 확 느껴지고 다가온다. 이 시와 관련된 에피소드가 있다면 궁금하다.

그 일이 있고 나서 시 한 편 건졌던 것으로 끝이었다. 은혜교회 목사를 따로 보지도 못했다. 시집이 나오면 그때 일을 까맣게 잊고 있을 은혜교회 목사께 이런 시가 있다고 시집이나 한 권 보내드릴까 하는 생각이 지금 막 들었다.

117

○목마른 염소처럼 영진아파트를 바라보던 시적 화자의 모습엔 무료함보다 어떤 슬픔이, 웃음보다 어떤 울음이 밴 것 같다. 그럼에도 불구하고 시적 울림이 그 무엇보다 크고 넓다. 이와 같은 시인의 육성이 확연히 드러나는 점이 이 시집을 관통하고 있다. 시인의 육성과 시의 언어는 어디서 만나고 어디서 헤어져야 하는가.

너무 심오한 질문이 아닌가! 이 질문을 받으니 불현듯, 얼마 전에 본 넷플릭스 영화 〈더 킬러〉의 대사가 떠오른다. "매년 1억 4천만 명이 태어난다. 얼추 그렇다. 세계 인구는 대략 78억 명이다. 매초 1.8명이 죽는다. 그리고 그 매초 4.2명이 태어난다. 내가(킬러) 무슨 짓을 하든 이 지표엔 영향이 없다." 세상에는 누군가가 아프고 죽어야만 먹고 살 수 있는 직업이 많다. 그때 당시 나의 생계업이 꼭 그러한 것은 아니었지만 수입이 일정치 못한 가난한 자영업자의 어느 계절은 그렇게 남의 목숨이 달린 일까지도 기웃거려 보도록 참혹하기도 하다. 그 일은 시를 쓰기 전이었는데, 가끔 오랜 세월이 지나도록 그때 잠시 들었던 그 마음, 그 기분이 어제처럼 생생하게 떠오를 때가 있다.

○열무, 수수대 앞에서도 시인의 정서는 마치 뜨겁고 날이 서 있는 것 같다. 그런 것을 언필칭 '감수성'이라고 할 것이다. 시인의 감수성은 어디서 오는가.

발이 없어서 도망치지 못하는 것들은 안 됐다는 생각을 가끔 한다. 발이 달렸다고 다 떠나거나 가고 싶은 곳에 갈 수 있는 것은 아니지만 몸부림 한 번 쳐보지 못하고 발이 있는 것들에게 잡아 흔들이고, 뽑히고, 베이는 것들을 볼 때면, 어디에 묶이지 않았지만 마음대로 떠나지도 못하는 나 자신이 이입되고 측은해지고, 수없이 가지고 싶었던 기회들을 한 번도 제대로 잡지 못했던 것에 대한 회한 같은 것이 저녁 안개처럼 엄습하곤 한다. 양파망을 뒤집어쓴 수수대는 정말로 쓸쓸하지 않았을까. 그때 내 마음이 그랬으므로 분명히 그랬을 것이라고 생각한다.

○이번 시집은 인간적이고 혹은 인생적인 시가 자주 눈에 띈다. 그것은 또 삶에 관한 시인의 따뜻한 시선에 의한 것이다. 따뜻한 시선은 따뜻한 가슴에서 나오는 것이리라. 특히 부동산 계약서를 작성하는 현장에서도 그런 공간에서도 '내 아내'로 시작하는 고객의 언사에 대해서도 시인의 시선은 놓치지 않고 잘 포착하고 있다. 시가 시인의 삶에서 돋아나는 것을 볼 수 있다. 그런 것이 소위 '시인의 섬세함'일 것이다. 지나가는 말이지만 '수사자'와 '불침번'은 어쩌면 시인 자신일 것이다. 시인의 입장을 듣고 싶다.

　한국 남자들은, 특히나 1970년대 이전에 태어난 남자들에게는 가부장적인 기미가 남아 있다. 집을 사거나 팔 때 보면 그 나이대는 거개 남편의 명의로 되어 있고 남편 명의로 산다. 아내들은 속으로는 자신의 명의로 하고 싶거나 최소 공동명의로라도 하고 싶으면서도 그렇게 하자고 당당하게 말하지 못한다. 그 나이대 여자들만 해도 가부장적인 인습에 자신도 모르게 젖어 있고, 수긍하면서 살고 있는 것이다. 시에도 나타나듯이 그때 그 명아주 지팡이 같은 남자분은 자신의 아내를 반드시 '제 아내'라고 지칭하는데 그게 참 신선하게 느껴졌다. 만약 자신의 힘만으로 장만하는 집이라면 흔쾌히 아내의 명의로도 했을 것 같다. 세상의 모든 여자는 남편으로부터 존중받고 있다는 것을 느낄 때 비로소 남편이 멀리 달려와 묵묵히 불침번 서고 있는 수사자처럼 아름답게 보일 것이다.

○'석 달도 하루 같고/ 하루도 백날처럼 아쉬웠으면'은 무슨 뜻인가?

이 시는 2018년 신춘문예 당선작이었다. 길어야 백 년, 길어도 백 년인 인생이 꽉 찬 듯 행복할 수 있는 방법, 허무하지 않게 사는 방법, 그것은 사랑을 하며 사는 것이라고 생각한다. 그러나 우리는 늘 사랑을 갈구하면서도 사랑을 놓치고 산다. 김남조 시인의 시 '가난한 이름에게'에서처럼 우리는 이 넓은 세상에서 단 한 사람도 고독한 사람을 만나지 못해 당신도 나도 쓸일모없이 살다 가게 되는 것은 아닌지 하는 생각 가끔 한다. 사랑이라는 말이 그렇게도 흔하고 많음에도 불구하고 왜 나는 누구에게도 쓰이지 못하는 것인가. 이 시는 불행하게도 사랑시가 아니다. 인생에서 가장 중요한 것이 무엇인지를 깨달았으나 실천하지 못하고 있는 자의 슬픈 노래다.

○또 이를 테면 아들, 남편, 시어머니, 아버지, 어머니, 동생, 오빠, 남편 등 여러 시편에 등장하는 인물들이 대체로 가족 중심

일 때가 많다. 가족을 시의 전면에 등장시킨 이유가 무엇일까.

시는 나를 앞지르는 법이 없다. 언제고 내가 보고 느끼고, 경험해야 찾아온다. 가족이란, 혈육이란 멀리 떨어져 있어도 어떤 끈으로 묶여 있는 사람들 아니겠나. 내 의식의 가장 윗물에 떠 있는 사람들이 가족, 식구일 것이며 눈만 뜨면 내 의식의 바다에 떠다니는 사람들이 제일 전면에 등장하는 것은 당연하다. 그들은 내 시어이기 때문이다.

○시 〈임계에서〉는 무슨 시인가?

누구나 닮은 영혼에 대한 그리움이 있을 것이다. 수많은 사람을 만나고, 사람들 속에 살지만 우리는 외롭고 고독하다. 그리고 사람을 만나고 싶다. 양은냄비처럼 호로록 끓어오르다 불을 끄면 금세 식어버리는 젊은 날의 사랑 같은 거 말고, 많은 말을 하지 않아도 되고 무슨 말이라도 다 주고받을 수 있는 사람을 만나고 싶다. 그러나 그런 사람은 에스트라공과 블라디미르가 기다리는 고도처럼 오지 않는다. 그래서 우리는 죽는 날까지 외롭고 고독할 것이다. 닮은 영혼을 만나기에 인생은 너무 짧고 우주는 너무 넓다.

○시집에 등장하는 많은 이웃에 대한 끝없는 관심은 사랑인가.

성정이 강퍅해서 오해를 많이 받는다. 그러나 좌절도 잘하고 후회도 잘한다. 이웃들에서 나를 발견하곤 한다. 결국은 내 이야기를 그들에게서 읽고 쓰는 것인지도 모른다.

○시인에게 시는 무엇인가?

위로다. 아무도 알아주지 않는 나를 내가 가만히 보듬어주고, 달래주고, 공감 해주고, 동감 해주는 최고의 위로. 세상에 헤아릴 수 없는 무수한 시가 있지만 내 시만큼 '내 마음'을 알아주고 보듬어 주는 시는 흔치 않을 것이다. 그러나 내 시로도 위로가 되지 않는 '마음'이 또 헤아릴 수 없이 많기도 해서 인간은 자주 목 놓아 울고도 싶고, 땅이 꺼지듯 슬퍼지는 것이기도 할 것이다. 때로는 신기하다. 그 오랜 세월을 그 많은 시인들이 시를 썼는데 아직도 쓰이지 못한 시가 있다는 것이. 그래서 오늘도 시를 생각하고 있다는 것이.

○시를 쓰는 시간이 따로 있는가? 이번 시집은 대체로 언제 쓴 것인가?

딱히 정해져 있지는 않다. 길을 걷다가도, 밥을 먹다가도 시상이 떠오르기도 한다. 예전에는 그것을 일일이 받아 적으려고 길을 가다가도 멈춰 서서 적곤 했는데 요즘은 핸드폰 활용을 한다. 이번 시집의 시는 처음 시가 찾아왔을 때부터 쓴 것 중 정리를 했다. 퇴고는 틈틈이 한다.

○이번 시집이 출간되어 시를 낭독할 수 있는 기회가 온다면 낭독하고 싶은 시 1편은?

〈돌이킬 수 없는〉

○왜 '돌이킬 수 없는'인가?

얼마 전, 동네 경로당에 다니시는 할머니로부터 경로당 내에서 할머니들끼리도 알력이 심하다는 말을 들었다. 그분들의 주된 이야기는 자식에 관한 이야기인데, 좀 번듯한 직장을 가지고 먹고 살 만한 자식을 둔 할머니들이 그렇지 않은 할머니들보다 기가 살고, 그렇지 못한 할머니들은 괜히 기가 죽어서, 그만 경로당에도 어떤 '패' 같은 것이 생겨버렸다고 한다. 점심시간 무렵이면 경로당이 꽉 차도록 모이는데 그 할머니들 중 누군가가 자식 자랑 한마디를 꺼내면 끝말잇기처럼 자식 자랑이 늘어지는데 자식한테 용돈 10만 원을 받았으면 20만원 받았다고 하고, 돼지고기를 사 왔으면 소고기를 사 왔다고 하며 밥을 다 먹고 경로당이 파하도록 자식 이야기들이 끊임없이 이어진다는 것이다. 〈돌이킬 수 없는〉은 어느 날 여행하다 우연히 마주친 할머니 이야기지만 우리나라 거개의 어머니들과 다르지 않을 것이다. 자식 말고는 할 말도 없고, 말을 하고 싶어도 할 수 있는 다른 말이 많지 않은 사람들의 나를 잃은 생애는 언제 들어도 슬프다. 나는 자식 이야기 말고는 할 말이 없는 할머니가 되고 싶지는 않다. 그러나 또 모른다. 모성이란 생에 가장 마지막까지 꺼지지 않고 영혼을 지키는 심지 같은 것이 아닐는지.

○시의 독자는 생각보다 훨씬 빠르게 소멸하고 있다. 시가 읽히지 않는 이 시대에 시를 쓰는 시인의 심경은 무엇인가?

요즘은 대부분 책을 온라인 서점에서 산다. 전에는 오프라인 서점에 가서 시집을 골라 읽어 보고 사곤 했다. 그때 시집 코너가 다른 책코너에 비해서 현저히 적은 것을 보고 시집이 부피가 얇은 책이라서 그렇기도 하겠지만 대중적으로 읽히는 장르는 아니라는 것을 실감했다. 시를 내놓고 썼던 것이 아니라서 대외적인 활동이 없었던 터이기도 하지마는 직접적으로 시의 소비(?)에 대해서 정확한 인지는 하지 못하고 있었다. 그러나 내가 독자로서 시집을 구매하는 횟수를 보면 시가 많이 읽히지 않는 것은 맞는 것 같다. 나 같은 경우 시가 재미있거나 의미가 있거나 했을 때 시집을 사게 되는데 어려운 시들이 너무 많은 것이 사실이다. 시를 고행을 하듯 읽어야 하는 것은 아닌 것 같다. 내가 무지해서 그런지는 모르겠지만 시는 쉽게 읽히면서 읽는 이로 하여금 의미를 전달받을 수 있는 시가 좋다고 본다.

○시 외에 관심 있는 문학 장르가 있는가?

평전을 자주 읽는다. 기회가 된다면 누군가의 평전을 한 번 써보고 싶다. 누군가의 일생을 그 사람에게 가장 잘 어울리는 언어로 표현하고 살려내는 일은 거룩한 일인 것 같다. 평전을 읽다 보면, 오래전의 사람일 경우 이 사람이 전생의 내가 아니었을까 하는 생각이 들 때도 있다. 최근에 읽은 평전은 김남주 평전, 김시습 평전, 한나아렌트 평전 그리고 오래전에 읽었던 조선말 역관 이언진의 평설을 다시 읽고 있다. 평전이나 평설은 인간에 대한 오해를 덜어낼 수 있고 사람에 대한 어두운 경외심을 알 수 있고 극복할 수 있으며 그에 빗대어 나를 알아내고 이해할 수 있어서 좋다. 나는 누구인가, 무엇인가, 그리고 인간이, 내가 너무나 궁금할 때 평전을 집어 든다.

○요즘은 무슨 생각을 하는가?

　얼마 전에 과제물을 하기 위해 고려 말 문신 '최해'의 한시 〈강태공이 주나라를 낚다[太公釣周]〉를 읽었다. 강태공이 살던 시대와 최해가 살던 시대는 무려 2400여 년의 세월의 간극이 있는데 강태공이 살던 시대와 최해가 살던 시대가 별 다르지 않고, 최해가 살던 시대와 현재 우리가 살고 있는 세상이 다를 것이 없는 것에 대하여 슬픈 마음이 들었다. 오늘도 많은 사람들이 달라지는 세상을 꿈꾸며 각자의 목소리를 내고 있지만 몇 백 년, 몇 천 년 후에도 백성들은 오늘과 같은 목소리를 내게 되지 않을까 하는 말갛게 끼든 아이 같은 생각을 하고 있다. 오랜 세월이 흘러도 바뀌지 않는 것이 하필이면 인간의 씨 속에 들어 있다니….

○이번 시집을 출간하면 꼭 하고 싶은 일이 있는가? 구체적으로 무엇을 하고 싶은가? 예컨대 출판기념회 같은 것을 계획하고 있는지, 북 토크나 북 콘서트 같은 것도 구상하고 있는지?

　현재로는 아무런 계획이 없다. 살면서 자신의 이름을 걸고 책을 내는 일은 흔한 일은 아닐 것이다. 나 또한 내 이름을 걸고 출판을 하는 일은 처음이라 출간 후 무엇을 어떻게 해야 하는지를 잘 모른다. 현재로는 친구 분기와 황간아지매랑 맛있는 밥이나 먹을까 한다. 그리고 출간을 하면 반드시 해야 하는 일이 있다면 그것도 하고 싶다.

○끝으로 인생 시집이 될 만한 시집 두어 권을 소개할 수 있는 가?

박규리 ≪이 환장할 봄날에≫, 문태준 ≪맨발≫, 이상국 ≪어 느 농사꾼의 별에서≫가 처음 시를 쓰기 시작했을 무렵 많이 읽었다. 세 권 다 너들너들하다. 김수영과 백무산은 시를 쓰 고자하는 사람이라면 늘 곁에 두면 좋을 것 같다는 생각이다.

돌이킬 수 없는

ⓒ김영선, 2024

1판 1쇄 인쇄__2024년 04월 20일
1판 1쇄 발행__2024년 04월 30일

지은이__김영선
펴낸이__양정섭

펴낸곳__예서
　　　　등록__제2019-000020호

제작·공급__경진출판
　　　　사업장주소__서울특별시 금천구 시흥대로 57길 17(시흥동), 영광빌딩 203호
　　　　전화__070-7550-7776 팩스__02-806-7282
　　　　네이버 스마트스토어__https://smartstore.naver.com/kyungjinpub/
　　　　이메일__mykyungjin@daum.net

값 12,000원
ISBN 979-11-91938-59-3 03810